AF212241

Colección Narrativa

El destino de la palabra

Adan Kovacsics

El destino de la palabra

ediciones del
subsuelo

Barcelona 2025

© Adan Kovacsics, 2025

© de esta edición **Ediciones del Subsuelo S.L.U. 2025**
c/ Nàpols, 282 5º 4ª - 08025 Barcelona
www.edicionesdelsubsuelo.com

ISBN: 978-84-129747-0-6
Depósito legal: B 23595-2024

Diseño de la cubierta: Elsa Suárez con ilustraciones de Freepik
Impresión y encuadernación: Romanyà Valls
Plaça Verdaguer, 1 – 08786 Capellades

Índice

El destino de la palabra
Un aviso teológico-político

I

Corría el mes de septiembre de 2006 cuando el presidente de Estados Unidos consideró «demasiado impreciso» para ser entendido el artículo 14 de la Convención de Ginebra que prohibía los «atentados contra la dignidad personal, especialmente los humillantes y degradantes», y se preguntó qué era la dignidad humana. Afirmó, literalmente: «La Convención de Ginebra dice que no debe haber atentados contra la dignidad humana. Es muy impreciso. ¿Qué significa "atentados contra la dignidad humana"?». Entre 1951, cuando se estableció la Convención de Ginebra, y 2006, cuando George W. Bush ya consideraba *vague*, o sea, impreciso el artículo y no entendía su significado transcurrieron poco más de cincuenta años, que en realidad son milenios, quizá incluso miles de años luz. Quienes redactaron los artículos de la convención sabían lo que era la dignidad humana y lo que era atentar contra ella. Precisamente por esas fechas, a comienzos de los años cincuenta del siglo pasado, Albert

Camus situaba la dignidad en el centro de su pensamiento. Poco más de medio siglo después ya no se sabía lo que es.

Cuando George W. Bush afirmaba que «dignidad» no le decía nada es porque en efecto las palabras ya no dicen nada. No es que el presidente supiera lo que significa la palabra dignidad y fingiera no saberlo, sino que realmente no lo sabía.

Tampoco se conoce ya lo que es el alma. El alma, se dice, es un concepto inútil. Es oportuno y de agradecer que a cuatro pasos del fin de la humanidad se nos comunique que el hombre se ha quedado sin alma, sin eso que lo sostuvo durante milenios. Concepto inútil será pronto también el árbol.

Se crean términos nuevos que al cabo de escaso tiempo desaparecen. La palabra ya no dura siglos y siglos. Bien se puede hablar de palabras que sufren una muerte prematura. Al final la sufrirán todas, no habrá ninguna que resista el viaje vertiginoso de la novedad a la caída. Novedad: decirlas, leerlas y escucharlas una y otra vez hasta la saciedad, hasta el agotamiento. Caída: desaparición temprana, como la de un artículo de consumo, de una marca, por prematuro envejecimiento. Lo más noble tarda sólo semanas o incluso días en corromperse.

La palabra es sustituida por la cantidad, por el más y el menos.

Ya resulta imposible hablar de calidad. La calidad, sin embargo, está en el centro del lenguaje. Es más, el lenguaje es calidad. La palabra «árbol»: calidad.

Significa árbol y otra cosa. Todo es símil. Todo es correspondencia. Árbol es raíz. Árbol es sombra. Árbol es refugio. Árbol es eje. Árbol es otoño. Árbol es primavera. Árbol es nostalgia. Árbol es consuelo. Árbol es fragancia. Árbol es fertilidad. Árbol es oscuridad interior. Árbol es búsqueda de la luz.

En el lenguaje, que hace aflorar la magia de las correspondencias, se hablan infinitamente los fenómenos, los hechos, las emociones, las sensaciones, las ideas.

El lenguaje es inmaterial (la voz, la letra, el jeroglífico, sus terminales).

La palabra es porque no es la cosa.

La muerte de la palabra viene dada por el encumbramiento de lo real, de lo fáctico, a lo cual se ve atada definitivamente.

Como si para decir «mesa» hubiera que traer además una mesa, porque de lo contrario no se cree o no se entiende.

La palabra «mesa» ha de tener cuatro patas, porque de lo contrario no se considera válida.

En el momento en que la palabra se pliega a la cosa, al objeto, a la persona, al ente, enmudece, deja de existir.

Es el final del camino de la concepción de la palabra como signo, en la que uno de los dos componentes que lo constituyen oscurece al otro, en la que el significado se impone en detrimento del significante, al cual se lo despoja de su vitalidad.

Muere la palabra cuando se convierte en el objeto, cuando de pronto deja de ser alada.

El estar desligado el nombre de la cosa para volver a la cosa es precisamente el lenguaje.

El error es creer que la cosa es el amo de la palabra. La palabra es, como dice Ósip Mandelstam, *psyché*. Revolotea. Por eso puede entrar en la tiniebla. Por eso puede entrar en el no-ser. Evocar lo que fue y no es. Evocar lo que será y no es.

La palabra traslada las cosas y los hechos a la ausencia.

Es celebración de la ausencia.

El nombre es el núcleo irreductible del lenguaje justamente porque a través de él no se comunica nada, mientras que en él se comunica todo el lenguaje.

La otra cara del nombre ya es oscuridad.

II

La idea posee una médula lingüística. La idea platónica, al centrarse en el ver, eclipsa esta su médula.

La idea, con su médula lingüística, ejerce de guardiana de las cosas y de los hechos.

Johann Georg Hamann, para quien la facultad de conocer no puede separarse de la facultad de denominar, se oponía a la razón alingüe. Según él, no debía la razón alingüe regir el lenguaje.

No es casual que la tendencia a la razón alingüe diera pasos decisivos en tiempos en que empezaban a levantarse las ráfagas del totalitarismo y se imponían los administradores de la palabra. Escribió Nikolái Gumiliov en 1919: «Nosotros le hemos puesto límites al verbo, / los pobres límites de la naturaleza, / y como abejas de un panal desierto / así hieden las palabras muertas». No han cesado en su empeño los administradores de la palabra. Se ensañan con ella. La retuercen. Encuentran finalmente algo frágil en que pueden descargar su poder y su impotencia.

El vaciamiento de la palabra se relaciona, tanto en la obra de Karl Kraus como en la de Ósip Mandelstam, con el advenimiento de los totalitarismos.

Kraus va más allá e insiste muy concretamente en que el verdadero causante del nacionalsocialismo fue la prensa, que vació ya antes la palabra y dio pie con ello a la irrupción del régimen nacionalsocialista. La prensa, afirma, provocó la Primera Guerra Mundial, salió indemne e incluso victoriosa y continuó su labor para abrir las puertas al nazismo.

En *La tercera noche de Walpurgis*, Kraus pasa de la protesta contra el mal uso del lenguaje por parte del nazismo —el cual no cesa de cometer errores gramaticales, incapaz de poner una coma donde corresponde, de hilar de forma lógica los contenidos mentales más primarios y de mantener las construcciones más simples— a la constatación consecuente de que tal incapacidad viene dada por la necesidad del lenguaje de plegarse a una profunda insinceridad e hipocresía y de tapar hechos infames. Para Kraus, lo uno y lo otro van ligados.

El siguiente paso, simbolizado según él por la profusión de siglas abreviadoras, de las GKW y KDW y UFA y Hapag y Gestapo y SS y SA, es la «desconexión» del lenguaje.

Mandelstam asocia la palabra con el alma; Kraus con el espíritu. Lo significativo en ambos casos: no con lo fáctico. Gottfried Benn, apologeta del régimen nazi, dijo algo que indignó a Kraus: «El espíritu no es nada metafísico. El espíritu surge de la realidad». Hoy en día a nadie se le ocurriría decir algo diferente.

El ámbito de la palabra es el espíritu. Él recoge y guarda las cosas y los hechos.

Y no hay espíritu sin la palabra.

La cara del espíritu es toda lenguaje.

Para Kraus, la irrupción del periodismo en el ámbito reservado al espíritu, hasta el punto de que «ya no puede haber poetas porque el reportero ya es uno», supuso el deslavazamiento, la difuminación, el vaciamiento de la palabra hasta alcanzar el momento en que esta ya no signifique nada. Según él, la prensa ha robado a los artistas la espiritualidad reservada a estos, con la pretensión desvergonzada de que el «mensajero posee espíritu y una columna publicitaria, alma».

En Viena, dice Kraus, la «albóndiga de pan es un poema».

El resultado de ese «espíritu robado al espíritu», de ese «saqueo», de esa «sangría» que se le ha hecho al arte literario es la introducción de un «toque personal común a todos», de tal manera que cuando «uno describe al káiser alemán lo hace exactamente igual que el otro que describe al alcalde de Viena» y que al final «todo combina con todo».

¿Y qué sostiene el «batiburrillo de lo espiritual y lo informativo»? Algo exterior al lenguaje: el tema. Y «lo que vive del tema morirá antes que el tema», mientras que «lo que vive en el lenguaje vivirá con el lenguaje».

El tema es la amplificación de lo que es el significado en el signo.

III

La palabra es encantamiento, es revelación.

Lo que revela el lenguaje es el hecho mismo de revelar. En la revelación está todo el lenguaje.

«Habla para que te vea», dice Hamann. Así y no de otra manera surge la creación.

Muy a menudo aparece en Walter Benjamin el vínculo de la palabra con la revelación. A su anclaje en la revelación se debe el anclaje de la palabra en la verdad. Cuando desaparece la primera, tiembla también esta hasta que se desancla. Allí nos encontramos ahora, con la palabra que, vinculada con la revelación y con la verdad, ha roto ese vínculo. Ahora no la creemos.

Queda la palabra que lleva dentro de sí su anulación, la palabra por tanto no creativa.

Así como la verdad está anclada en la revelación, la mentira está anclada en la verdad.

La revelación no es lo mismo que el desvelamiento. Es anterior.

La palabra era revelación. Luego fue verdad. Después fue hipótesis.

La palabra fue revelación, luego fue verdad, después fue hipótesis, ahora es postverdad. Para llegar allí se ha adoptado e interiorizado la palabra-mercancía.

El sistema arrebata la palabra al hombre, pero el sistema es de por sí cambiante, nada más cambiante, nada más volátil que el sistema.

Así se entiende por qué la filosofía se sustancia y se afianza en oposición a la doxa, a la opinión, que es la realidad cambiante en el plano de la palabra. La doxa es la realidad cambiante, y la realidad es también una cuestión lingüística.

La información no es revelación.

Un relato no es información, lo cual quiere decir también que una información no es relato.

La información, aunque se presente en forma de nueva, de novedad, no trae nada nuevo, sino que viene a confirmar la fe.

El relato —que no olvida su fuente en lo maravilloso— es magia; la información es fe.

Un relato es el encaje precioso y preciso de unas piezas. Un encaje para Dios, a quien un óbolo de todo relato pertenece. La información no se escribe para Dios.

De ahí también que el relato quiera mantenerse; la información, en cambio, quiere desaparecer.

El ámbito del relato es la posibilidad, que no es lo mismo que la hipótesis.

La información está llena de intención. Y, como dice Benjamin, «la verdad es la muerte de la intención».

La información es poder, por eso es su fruto la impotencia.

IV

Tiene razón Karl Marx al remitir los fenómenos culturales a su fundamento económico. Expresa así la lógica del propio capitalismo, que Marx asume y que comienza a imponerse cuando él escribe, convirtiéndose en uno de sus primeros portavoces, y que luego se extiende, muy en particular a la palabra.

En los tópicos empieza a configurarse el carácter de mercancía de los conceptos y de las palabras.

El inicio de la sociedad del espectáculo está en el lenguaje. Con los tópicos periodísticos se da, según Karl Kraus, el pistoletazo de salida de esta sociedad.

Es el primer paso para la expropiación de la vida del individuo.

Antes la televisión daba las buenas noches y se apagaba la emisión. Ahora se emite las veinticuatro horas, así como la radio emite las veinticuatro horas, y las redes sociales giran y giran como un trompo eterno las veinticuatro horas del día. Ya no se duerme. Dícese que la sociedad actual oculta o trivializa la muerte. ¡Oculta también el sueño! ¡El mundo insondable de los sueños ha dejado de existir! Sigmund Freud es una antigualla.

Agnès Varda rodó una película sobre el amor entre una mujer de cuarenta años y un muchacho de catorce. Hoy en día, señalan los medios de comunicación, tal película sería imposible. Lo es, en efecto, no sólo por consideraciones morales, pues la lógica imperante en la actualidad considera que ver una obra así produciría necesariamente una avalancha incontrolable de casos en que mujeres de cuarenta años se abalanzan sobre adolescentes lampiños e inermes, sino porque viene de un sueño, el que tuvo la actriz y cantante Jane Birkin y que ella contó a Varda. A todo esto, los medios realizan una labor excepcional avisando de antemano que tales obras ya son «imposibles».

Sin embargo, sí son posibles cuando están «basadas en hechos reales». Sólo a la realidad se le permite una traslación a lo imaginario. Y todo cuanto se representa debe tener su traslación inmediata a la realidad.

Es la traslación literal de la realidad a lo imaginario y de lo imaginario a la realidad.

Cuando todo es representación no hay escapatoria de la realidad. Esta lo acapara entonces todo. Representación y realidad se funden en uno. Allí se celebra la muerte de la palabra.

La realidad se disuelve en la representación y la representación en la realidad.

Está la fascinación por las cifras, a la que los medios de comunicación de masas se entregan en cuerpo y alma; al señalar, por ejemplo, que la especie humana depreda 14 663 vertebrados. No basta con decir que el ser humano es un depredador, lo cual es evidente, pues sólo hace falta mirar por el mundo y constatar hasta qué punto el hombre domina el planeta y se dispone a conquistar también las escasas zonas y ámbitos todavía inexplorados, como las profundidades marinas, y a guardar las otras especies en llamadas reservas que en el ámbito humano se denominarían campos de internamiento, aunque es de suponer que estos últimos, considerando la habilidad de los medios de comunicación en el manejo del lenguaje, pasen en un futuro a llamarse reservas.

La pornografía es la traslación del festín de lo cuantitativo a la sexualidad. Y como todo se vuelve, además, cuantificable y cuantificado, todo se vuelve pornografía.

Cuando en un debate televisivo un candidato aplicó el llamado galope de Gish, consistente en abrumar con una plétora de datos falsos al adversario para que este sea incapaz de rebatirlos por la cantidad a la que se enfrenta, muchos se llevaron las manos a la cabeza. El asombro, sin embargo, resulta incomprensible, pues hoy en día todo es galope de Gish.

Así como no existe para Guy Debord una diferencia sustancial entre lo espectacular difuso y lo espectacular concentrado, tampoco la hay en el proyecto lingüístico del liberalismo y de las diversas formas del totalitarismo, unidos todos en el objetivo de la disolución de la palabra, como constata Kraus en *La tercera noche de Walpurgis*.

Lo que Kraus destapa es el núcleo lingüístico del proyecto de la sociedad del espectáculo, de la mercantilización total, de la conversión de la vida en mercancía. El primer paso fue consecuentemente el tópico, uno de los rostros de la mercancía en el ámbito del lenguaje.

Así como el mundo nace del verbo, la sociedad del espectáculo nace de su propia palabra. Esta es su primera piedra.

Cuando Andy Warhol proclama que en un futuro todos seremos famosos por quince minutos, lo que viene a decir es que cada ser humano entrará en el cielo terrenal del espectáculo y se despojará de sí mismo y lo hará para siempre.

Hasta el mendigo anónimo, cuando se le pone un micrófono delante, abandona su experiencia y su lenguaje y pasa a ser una *vedette* de la sociedad del espectáculo, aunque al cabo de unos instantes sea apartado al centrarse los focos en un cocinero que propone una nueva receta, en un nuevo modelo de automóvil o en un personaje exitoso de las finanzas.

La obsesión por la visibilidad es la obsesión por invisibilizar el verdadero yo. El verdadero yo está escrito pero no sabemos leerlo.

Para leerlo se precisa de la soledad. (O de la acción.)

El capitalismo no necesita la palabra, necesita la verborrea, el discurso sin fin, que es la abolición de la palabra. Esta vive esencialmente suspendida entre un silencio y otro. Está alojada en el silencio. La palabra surge de lo oscuro y vuelve a sumergirse allí.

La soledad de la palabra es terrible. Sólo comparable con la del tigre en la selva.

La palabra trabaja por la noche. Pero el capitalismo, en sus diferentes variantes, pretende eliminar la noche. Que todo sea día es su consigna.

La relación de la palabra con el silencio no es baladí, es la relación con lo oscuro, con la muerte, con el no-ser. De allí viene y allí va. Ahora, en cambio, rige lo existente, lo que llaman realidad.

Kraus quiso oponer a la verborrea infinita de la prensa, como también hizo Nietzsche, el aforismo, que también está suspendido entre un silencio y otro. Resaltaba la necesidad de la prensa de su época de publicar a diario; es más, varias veces al día, ediciones matutinas y vespertinas. Allí se plasma el proyecto lingüístico del capitalismo, que no cesa de hablar y dice una cosa y la contraria sin pudor.

La palabra surge de la no-palabra. La palabra extrae la miel de la colmena del silencio. Nada nace de sí mismo. Salvo Dios, que después de ceder la palabra es silencio.

Por eso es Dios uno de los destinatarios de cada palabra.

La plegaria no se dirige al hombre.

Que la palabra está alojada en el silencio quiere decir que también el silencio es palabra y la palabra, silencio.

La palabra es de la forma más natural la representante del hilo etéreo e irrompible entre el reino de los muertos y el reino de los vivos.

V

El lenguaje pertenece al ámbito del espíritu, esto es, no al de la materia, no al de las necesidades. De ahí el intento desesperado de Kraus por sacar el lenguaje de la lógica del capitalismo, del «valor de uso», del «valor de cambio», de «la oferta y la demanda».

Todo cuanto escribió Kraus, lector incansable, está lleno de lo que leía. Era el estudioso sumergido por las noches en el desciframiento de las escrituras. Un sófer. Sin embargo, por desgracia para él, no leía los textos sagrados, sino los del hombre del siglo XX. Los leía una y otra vez, compulsivamente, así como el estudioso de los textos sagrados lee de tal manera que no puede dejarlos. Los textos del hombre lo buscaban, esa era su maldición, les había abierto las puertas de sus ojos y de sus oídos, que no se cerraban nunca.

Todo Kraus es un canto de cisne. Todo Kraus proclama, en sus escritos de *La Antorcha*, en *Los últimos días de la humanidad*, en *La tercera noche de Walpurgis*, el fin de la palabra, la destrucción de la palabra. Su verbo es un

24

último intento del moribundo de incorporarse en medio de la agonía.

Incluso con la censura existe el periodismo, dice Kraus. Incluso con la censura existe el periodista.

La esencia del lenguaje periodístico sigue siendo la misma, la necesidad de salir todos los días, de crear, transmitir y consolidar tópicos de caducidad programada como la de las batidoras, de las lavadoras o de los ordenadores, de sostener a través de frases y más frases el entramado del capitalismo del lugar y del momento.

La sociedad del espectáculo tiene una esencia lingüística y un proyecto lingüístico que coincide en todas las formas y variantes del proteico sistema económico y político que es el capitalismo: el discurso permanente, la publicidad permanente.

Se dice que a muchos no les importa hoy en día que se desvele que los *influencers* a los que siguen son publicitarios pagados por determinadas marcas. No importa porque el único lenguaje que atrae y queda es el de la publicidad.

Según Guy Debord, cada nueva mentira de la publicidad es la confesión de la mentira precedente.

El logos es algo común, el logos es esencialmente consenso, en el sentido más estricto y profundo.

La verdad no es un producto, la verdad no se fabrica, la verdad se escucha.

La verdad se conoce a sí misma a través de la palabra.

La verdad se representa a sí misma. Por eso es bella.

Sin embargo, también la verdad se traslada. Como bien ha señalado el pensador y jurista Anton Schütz, puede estar, para unos, en un hecho del pasado que se inquiere y sale a la luz y, para otros, en la argumentación o en el alegato que se impone. Lo que queda tras la caída de uno de los dos abogados enfrentados en el ring.

Atrae la polémica. El combate. Vence quien doblega al otro en el enfrentamiento y quien se hace con la bandera de la verdad. La guerra es ahora permanente y la lógica del lenguaje de la guerra se ha impuesto también de forma permanente.

La verdad ahora: la especie humana depreda 14 663 especies de vertebrados. Alguien levanta entonces el dedo y grita: «¡No es verdad! Son 14 661!».

Por eso aparece la alusión a la verdad continuamente en el lenguaje del nazismo. Goebbels en 1934: «Una buena propaganda no necesita mentir, es más, no debe mentir. No tiene motivos para temer la verdad». Y en 1941: «La verdad es siempre más fuerte que la mentira». Tal lenguaje resulta fundacional para el discurso político de nuestra época. La alusión continua y desesperada a la verdad es la forma de abrirle paso a la mentira. Sostenía Kraus que con una verdad que decían los nacionalsocialistas avalaban todas sus falsedades.

Se repite el concepto miles de veces hasta insensibilizar por completo al público.

Manosear la palabra hasta volverla inservible. Diez metros cuadrados en el patio de un hospital con una hierba seca y rala, unos rosales raquíticos y sin flor en el medio. El lugar tiene un nombre: se llama «El jardín de las emociones».

Todo lo que hoy se llama lenguaje merece ser tirado a la basura, forma parte de las montañas de desperdicios que se acumulan en el fondo marino, en los lechos de los ríos, en el suelo de los bosques. Tirados a la basura merecen ser todos esos productos que circulan por un tiempo.

Lo que no se tiene en cuenta es que se trata esencialmente del lenguaje del capitalismo, el de la saturación, el de la repetición hasta el hartazgo, el de la desaparición de la palabra.

La ideología es la mercancía que produce la clase intelectual.

Todavía se confía vacuamente en el lenguaje aunque se lo maltrate, igual que se confía vacuamente en la selva aunque se la maltrate. Existe, de hecho, una afinidad entre el lenguaje y la selva.

El lenguaje es para Kraus una de las fuerzas de la naturaleza. Cuidar el lenguaje es cuidar la naturaleza, en todos los sentidos.

La «solución final», la destrucción de la población judía en Europa, había de tener una marca, un sello, un distintivo que, eso sí, se exponía a una continua innovación.

El primer paso es la conversión del hecho en mercancía. Ocurre a través de la palabra capitalista.

Todo ser se convierte en mercancía y todo ser lleva, como mercancía que es, una etiqueta. ¡Ay de quien no responda a lo que pone su etiqueta!

En el reino de la mercancía no hay escapatoria de la trivialización. Cuando Imre Kertész lamenta ser el payaso del Holocausto lo hace porque lamenta profundamente que se haya convertido el Holocausto en un circo.

Lo que no se tiene en cuenta es que cuando se repite «Holocausto» o «violencia de género» o «terrorismo» se está diciendo la palabra capitalista, que es la degradación permanente de la palabra y de su significado, su uso hasta la saciedad y su destino en la basura, como de toda mercancía. Ha perdido la santidad.

Das Heilige sei mein Wort, que lo sagrado sea mi palabra (Hölderlin), no es un deseo, sino un mandato.

VI

La extensión del lenguaje es exactamente la misma que la del universo.

La forma del universo es poética.

La palabra creó el mundo porque el mundo ya era palabra. El mundo era palabra antes que nada.

El lenguaje es trascendente.

Para comprenderlo deberíamos situarnos fuera de él. Si llegáramos a comprender el universo, se comprendería el lenguaje.

Para comprenderlo deberíamos derribar con un hacha la puerta del paraíso. Lo cual es imposible, porque el paraíso no tiene puertas.

Decir que la extensión del lenguaje es exactamente la misma que la del universo es decir que la extensión de la poesía es exactamente la misma que la del universo.

Así nos acercamos tanto a lo que es el universo como a lo que es el lenguaje.

Sin embargo, esta aproximación nos está vedada hoy en día, la mirada a la infinitud —cuyo fundamento abismal nunca llega a desvelarse plenamente— está obstaculizada al haberse limitado el lenguaje, centrado ahora en la información y la comunicación. No sabemos ya lo que puede la palabra.

Hubo un tiempo en que hasta comprar el pan se hizo en poesía.

El destino de la palabra es desaparecer. No es la poesía la opaca, sino nosotros. Nosotros, los opacos, nos hemos cerrado a la palabra poética.

El lenguaje se convierte en vehículo de información. El que no lo sea acabará considerándose inaccesible. Llegará un momento en que no se entenderá nada de Shakespeare. No se entenderá nada de Sófocles.

La poesía queda confinada en un parque natural.

El triunfo definitivo del capitalismo se produce cuando logra desembarazarse también de la poesía de la historia, es decir, tanto de los relatos del pasado, y por ende de la memoria, como del juicio futuro.

Una de las páginas más significativas de *La tercera noche de Walpurgis* aparece hacia el final, donde Kraus constata que él no ha vencido a la prensa, porque el lenguaje del periodismo provocó una guerra mundial, salió victorioso, generó también el ascenso del nacionalsocialismo y porque en realidad se ha apropiado definitivamente de la palabra. El periodismo —y sus vástagos de hoy, las redes sociales a las que él mismo da alas continuamente, pues, eso sí, reconoce su paternidad— es intocable. Kraus deseaba que se lo tragara la tierra. El trabajo de los medios consiste en insensibilizar, en inmunizar, en eliminar la imaginación y por tanto la piedad del individuo. ¿Cómo es posible que después de informar sobre el naufragio de una embarcación con migrantes en el Mediterráneo la pantalla no se oscurezca y pase en cambio a contar la última nimiedad? La insensibilidad alcanzada a través de la palabra vaciada llevará a la brutalidad.

Desprender la palabra del sujeto es la tarea del periodismo. Se pierde entonces su ética, la relación con uno mismo, con el pensamiento, con los otros. El lenguaje desprendido del sujeto es el lenguaje desprendido de la responsabilidad. El de la irresponsabilidad.

Cuando Kraus afirma que un determinado lenguaje va ligado al capitalismo y que es el de la prensa, dice también que algo de ese lenguaje está presente en todos los sistemas políticos del capitalismo, sea el liberal, sea el social, sea el totalitario. Sigue vivo incluso aunque no haya libertad de prensa. Porque lo esencial continúa siendo el lenguaje de la información y por tanto, como señala Gilles Deleuze, de un sistema de control.

La información comunica lo que se debe creer, dice Deleuze. De ahí que informar sea «hacer circular una orden».

La información es algo que se debe creer y se cree.

La extensión de la información es la extensión del control.

No encontraremos en Kraus una teoría desarrollada del lenguaje. No la hay porque rehúye la obsesión reductora por el signo y sitúa la palabra en muchos otros planos. Sí hay una comprensión permanente, tenaz y amorosa, de su infinitud, de su nexo con la idea y con el ritmo, con el orden de lo continuo que no es un orden arbitrario, con la voz, porque el lenguaje es expresión de un sujeto y lo es porque es ritmo.

Kraus es todo oído, pues pertenece a la raza de los profetas, pero ya no escucha la palabra de Dios, sino el lenguaje humano que revolotea a su alrededor.

Lo más cercano a una teoría en él sería decir que el lenguaje es un organismo vivo, un «organismo rodeado y sustentado por la vida del espíritu», como afirma en «Sujeto y predicado». No es ni una forma ni es un contenido.

El lenguaje, dice Benjamin, no tiene un contenido.

El lenguaje es expresión.

En Kraus no se trata en el fondo sólo de oponer la verdad a la mentira, lo verdadero a lo falso, sino de que incluso se miente de otro modo. Han cambiado las maneras. La mentira era simple. Ahora se aderza con literatura, con datos científicos, con emociones enlatadas. Se llena de una indignación impostada, la cual da autorización a cualquier desmán.

El lenguaje va más allá de lo verdadero y lo falso. Existe un territorio infinito allende esos dos monstruos.

Todo lo que se piense o se diga o se escriba sobre el lenguaje no hace más que revelar su infinitud, «trátese de una coma o de una rima», como señala Karl Kraus.

Una idea posee su propio sonido. Una rima no es un ornamento de la vacuidad. La calidad de la rima depende de la idea, la cual, por su parte, sólo en la rima es lo que es.

El lenguaje, dice Kraus, actúa en el pensamiento como la imaginación en los fenómenos.

Kraus no distingue entre ritmo y gramática, tanto el uno como la otra pertenecen de manera indisoluble al organismo vivo que es el lenguaje. No comparte, pues, el concepto según el cual las gramáticas son «un esqueleto muerto»; es más, dedica páginas y páginas de su revista *La Antorcha* a cuestiones gramaticales, al uso del modo conjuntivo alemán o al pronombre neutro «es» (ello), palabra menuda y elemental en su lengua, para dilucidar su uso, su función y su sentido.

Considera el deber más difícil salvar el lenguaje como el bien supremo en medio de una vida destruida y reencontrar así el ser.

La palabra es el garante del ser.

Puesto que el capitalismo, como señala Benjamin, tiene por objeto la destrucción del ser —en eso consiste su trabajo continuo—, también tiene por objeto la destrucción del lenguaje, en la que participamos todos.

El objetivo final del capitalismo es la destrucción del verbo. A este, que es anterior a las criaturas, anterior a los mares, a las rocas, a las plantas, anterior a las estrellas que endulzan el sombrío cielo, apunta su destrucción última.

La tarea del hombre largamente preparada y después ejecutada: degradar la creación y ensuciarla. Como al comienzo estuvo el logos, al final también será pisoteado.

El capitalismo, en su alocada carrera, únicamente tiene como perspectiva el apocalipsis, sin expiación, sin salvación, sólo con la destrucción. En ese proceso desaparecerá la palabra.

Antes quedarán todavía algunos términos, algunos adjetivos, algunos participios, pocos, ahuecados pero plúmbeos, rellenos apresuradamente con el sabor empachoso de la repetición, de la solemnidad y de la impostura.

Kraus vio el nudo del capitalismo, lenguaje y apocalipsis. Para él, el fin llega por aquel que vació la palabra. «Soy también el redactor de la palabra final», dice el dueño y director del periódico *Neue Freie Presse*.

La operación de chuparle la sangre al lenguaje no le es ajena al capitalismo, es más, pertenece a su esencia. Se le chupa la sangre a todo, a las emociones, a los actos que devienen en emociones, a los conceptos del espíritu, y todo se convierte en la palabra mercantilizada.

Desaparecerá la palabra, se producirá su extinción.

Llegará el momento en que la humanidad se acordará de sus inicios, de las horas mágicas e intensas en el paraíso, con la transparencia y la extrañeza con que se recuerda la infancia. Pero será tarde. Ya la habrá consumido la demencia en que la sumió el capitalismo.

Puede que no sea el hombre quien se haya apartado de la palabra, sino que la palabra sufriente se haya apartado de él. Se retira, se aleja como una nave que se desliza dolida y sigilosa hacia la línea del horizonte. Nos quedamos mirando en el acantilado.

Nada desaparece por completo, todo permanece de alguna forma, tanto lo más bajo como lo más alto, tanto la infamia como la nobleza, tanto el horror como la gloria.

Ha llegado el final. ¿Qué hacer con la palabra «alba»?

Se mantiene un misterioso retén. Empezará todo de nuevo. Con la palabra.

El lenguaje de la información

Cacao 72 por ciento.

El 60 por ciento de los españoles se han sentido tristes.

Aumenta un 22 por ciento el consumo de pornografía en la red.

Uno de cada cuatro ha sentido ansiedad.

Un 2 por ciento de la población es millonaria.

Un 15 por ciento de lo que tenemos en el armario es de poliéster. Un 40 por ciento en el armario es de algodón.

Existen 25 000 especies de orquídeas en el mundo.

En los últimos días se han reducido los trasplantes en un 80 por ciento.

El asesinato de líderes sociales en Colombia crece un 53 por ciento en el primer cuatrimestre.

Ha descendido un 65 por ciento la facturación del puerto.

Un 15 por ciento de los prisioneros de la cárcel de Brandenburg-Görden estaban enfermos.

Un 85 por ciento de quienes habitan el Infierno de Dante son varones.

Más de un 20 por ciento de los niños y adolescentes se sienten tristes.

Un 20 por ciento más de pacientes con ictus.

Fondea en el puerto de Barcelona un barco con una capacidad para 23 000 contenedores, el más grande del mundo.

45 por ciento de exceso de muertos en España desde marzo.

El 25 por ciento de quienes acuden a Cáritas para pedir ayuda lo hacen por primera vez.

Se redujo un 20 por ciento la tasa de suicidios en Japón durante el mes de abril, una caída histórica.

El 79 por ciento de los jueces y magistrados se sienten satisfechos con su trabajo.

El 12 por ciento de la población general sufre migraña.

El peso de la cabeza es el 8 por ciento del peso corporal. El de los huesos está entre el 13 y el 15 por ciento.

La materia oscura, el componente del 27 por ciento del universo.

Un 70 por ciento del equipo presiona cuando el 30 por ciento se repliega. Esto así no puede funcionar. Un equipo son once jugadores.

La probabilidad de que este amor salga adelante no pasa siquiera del 20 por ciento.

El 65 por ciento del cuerpo humano está formado por agua.

Somos lo que comemos.

Sólo un 1 por ciento de las camareras de piso en los hoteles son hombres.

Aumentó el número de millonarios un 5 por ciento el año pasado.

Han aumentado un 6 por ciento los delitos de odio respecto al año pasado.

El acierto del VAR aumentó un 6 por ciento respecto a la temporada pasada en situaciones de *penalty*.

Desciende un 60 por ciento el número de aves vinculadas a terrenos agrícolas en Europa.

Tiempo de lectura: 2 minutos.

La extinción del rinoceronte lanudo sigue siendo un misterio.

Aumentan un 650 por ciento los atropellamientos causados por patinetes eléctricos.

Los humanos tenemos la capacidad de vivir entre 1 000 y 20 000 años.

Un 10 por ciento más que en el mismo mes del año pasado.

El 66 por ciento de las personas está cansada.

El 40 por ciento de los niños tienen exceso de peso.

Han crecido un 10 por ciento los motoristas fallecidos en accidentes de tráfico.

Han aumentado un 27 por ciento las agresiones homófobas.

El 30 por ciento de los municipios de Cantabria están en riesgo de despoblamiento.

El alquiler de vivienda supone el 90 por ciento del sueldo de un joven en Baleares.

La Bolsa hace historia con una espectacular ganancia del 25 por ciento.

El 1 por ciento de la humanidad se encuentra desplazada.

El consumo de medicamentos para el sueño, la ansiedad y la depresión subió un 4 por ciento.

Quemar grasa con 1 minuto de ejercicio.

Se calcula que *La bella y la bestia* contó con un presupuesto de 160 millones de dólares.

Con un presupuesto de 255 millones de dólares, *La bella y la bestia* es una de las películas más caras.

La bella y la bestia recaudó 1,2 mil millones de dólares.

Charles Olson, poeta norteamericano fundamental para comprender la poesía de la segunda mitad del siglo XX. Nacimiento: 27 de diciembre de 1910, Worcester, Massachusetts. Fallecimiento: 10 de enero de 1970, Nueva York. Estatura: 2,01 m.

Estados Unidos ha conseguido hoy un récord de muertes por coronavirus.

Alemania ha marcado hoy un nuevo récord de muertes por coronavirus.

Alumnos ante el cuadro *Impresión, sol naciente* de Claude Monet en un museo (*muestran caras de aburrimiento*).

La profesora: La obra vale 100 millones de dólares.
Los alumnos (*se les ilumina el rostro y exclaman*): ¡Oh!

Retenemos el 80 por ciento de la información que vemos y un 10 por ciento de la que leemos.

El 44 por ciento.

El 75 por ciento.

Marca la diferencia.

Más de 100 millones de perforaciones de orejas.

La plaga de chinches ha crecido un 71 por ciento en los nueve primeros meses del año.

Tolerancia 0.

El humor comenzó hace 13 millones de años.

Cinco veces más veloz y dos veces más potente.

El ser humano habita el 10 por ciento del planeta.

7 consejos para volver al gimnasio después de las vacaciones.

En 2009 un 37 por ciento de los rusos manifestaban sentimientos positivos hacia Stalin (respeto: 26 por ciento, simpatía: 8 por ciento, admiración: 3 por ciento) y un 24 por ciento sentimientos negativos (hostilidad: 13 por ciento, miedo: 6 por ciento, repugnancia: 5 por ciento).

El 44 por ciento de las emisiones del ganado son en forma de metano (CH_4).

Se absorbe 3 veces más rápido.

Ciertos olores disparan la capacidad cognitiva y la memoria un 226 por ciento.

El insomnio crónico afecta al 14 por ciento de la población.

El oso mata un 14 por ciento más presas que el lobo.

Un porcentaje entre 23 y 35 por ciento de grasa corporal es saludable en una persona de entre 39 y 50 años.

Según los expertos.

Más del 70 por ciento de los taxistas sufren dolor de espalda.

Lucha por tu pelo.

Aumenta el rendimiento cerebral un 30 por ciento.

Las imágenes son muy duras.

El 5 por ciento de los ciudadanos de Estados Unidos creen en las teorías de la conspiración.

Los pasajeros de cruceros han crecido un 50 por ciento en la última década.

Un 25 por ciento de la manzana es aire.

La ingesta de lentejas, alubias, judías, garbanzos o guisantes ha disminuido un 70 por ciento en los últimos cuarenta años.

La nueva tecnología sirve para enviar e-mails con la mente y para tratar el párkinson.

Descuentos del 70 por ciento en la segunda unidad.

La hembra del halcón peregrino es un 30 por ciento más larga que el macho e incluso un poco más pesada que él.

Un 90 por ciento de los aguacates en los mercados de Estados Unidos proceden de México en la época de la Super Bowl.

El 20 por ciento de los teléfonos móviles acaba en el inodoro.

Las cifras son preocupantes.

Las viviendas para una sola persona aumentarán un 41,9 por ciento hasta 2048. Las viviendas para dos personas aumentarán un 36,8 por ciento en el mismo período.

El turismo es el responsable del 80 por ciento de los residuos en las playas.

Hay que seguir trabajando.

Desveladas las 10 palabras que tu perro entiende a la perfección.

Aumentan un 45 por ciento los abusos sexuales perpetrados por menores.

El 16 por ciento de los conductores son mayores de sesenta y cinco años.

Un jefe con buen humor aumenta un 50 por ciento el rendimiento de la plantilla, según la universidad de Stanford.

La pobreza infantil llegará al 33,3 por ciento a finales de este año.

Con estos 7 ejercicios lucirás un abdomen perfecto.

El 17,2 por ciento del dinero que circula en este país es B.

El 35,1 por ciento de los españoles han llorado durante la pandemia.

Una caída del 91 por ciento.

Reduce un 7 por ciento el colesterol.

Los trabajadores mantienen un nivel de concentración del 71 por ciento cuando hacen *home office*.

Suiza desciende un puesto en el *ranking* y se sitúa en el cuarto lugar de los países más felices del mundo.

Queremos poner a un histórico sobre la mesa.

Cae un 50 por ciento la audiencia de los medios de comunicación en horarios estelares tras la marcha de Donald Trump.

Se encontraron nutrias en el 69,8 por ciento de los puntos de muestreo.

La nutria marina debe consumir entre el 35 y el 40 por ciento de su peso corporal diariamente. Se atiborra de más de 100 especies de presas diferentes.

La inteligencia emocional es un auténtico multiplicador de nuestras habilidades.

El 33 por ciento de los alumnos se distraen en clase con su móvil.

Las pérdidas económicas que deja el cambio climático ascienden a 16 millones de dólares por hora.

La población resultante presenta un 40 por ciento de ascendencia foránea y un 60 por ciento de lo que ya había.

El 32 por ciento de las elefantas nacidas después de la guerra no tiene colmillos.

Las azucenas son tóxicas para los gatos. El 50 por ciento de los que se hayan intoxicado no sobrevivirán sin diálisis o trasplante de riñón.

Las mercancías en contenedores representan en torno al 26 por ciento del tráfico a través del canal.

El *patagotitan mayorum*, con 37 metros de largo y 20 de alto, es el animal terrestre más grande de la historia.

Nos faltan dos profesores y medio.

Estar demasiado tiempo sentado aumenta el riesgo de muerte un 38 por ciento.

El embalse se mantiene por encima del 92 por ciento de su capacidad total.

Las estafas informáticas han crecido un 508 por ciento en los últimos ocho años.

El 92 por ciento de las mujeres de Mali han sufrido mutilación genital.

El lago Baikal ostenta una infinidad de récords.

El delfín común tiene una población de unos seis millones.

¿Sabías que el océano más grande supone cerca del 46 por ciento de la superficie total de agua de la tierra?

Cae un 40 por ciento la venta de leche de consumo desde el cambio de siglo.

El 90 por ciento de la población mundial vive en un ambiente contaminado.

Esta sencilla práctica te puede ayudar a ser más feliz. Es completamente gratis.

¡Adiós al mito de las 8 horas de sueño!

Tiempo de lectura de este artículo: 2 minutos.

La calle más larga de España mide 19 kilómetros.

Aumenta un 28 por ciento anual la gonorrea.

La tasa de supervivencia del neuroblastoma es del 70 por ciento.

Los nacimientos han caído un 30 por ciento en la última década.

Cinco mil millones de colillas se dejan en España anualmente en las playas.

El ser humano puede experimentar 27 tipos de emociones.

Los neandertales tuvieron mucho éxito, no fueron unos fracasados.

Tenemos un problema sobre la mesa.

Hay un 40 por ciento de personas irritables por misofonía.

Con el preservativo 100 por 100 conectada con él, sintiendo todo.

El cerebro es un músculo.

100 por 100 más eficaz que la marca blanca.

Si el ADN tuviera el ancho del cable del auricular de un móvil mediría 100 kilómetros.

El 40 por ciento de lo que somos lo debemos a los genes y el 60 por ciento al ambiente.

El 40 por ciento de lo que somos lo debemos al ambiente y el 60 por ciento a los genes.

La buena forma mental también se trabaja. Hay un gimnasio para la mente.

¿Sabías que hay 18 mil islas marinas en el mundo?

Los 10 mandamientos para una buena barbacoa.

Al escuchar música, el rendimiento de los trabajadores era un 12,5 por ciento superior a cuando no la escuchaban.

Usted podría haberse ahorrado 7 596 minutos con los sumarios.

Tenemos 500 millones de bolardos contabilizados en el mundo.

Veo que este libro, *Las flores del mal*, funciona.

La especie humana depreda 14 663 especies de vertebrados.

Más de 2,5 millones de palomas torcaces han entrado en España por los Pirineos durante este otoño.

El tercer dinosaurio más rápido del planeta vivía en La Rioja.

Gestionar la muerte es siempre muy complicado.

Una fotógrafa: lo que no se ve no existe.

Una inyección consigue alargar la vida un 25 por ciento en ratones.

Subir cincuenta escalones al día reduce un 20 por ciento el riesgo de enfermedad cardiovascular.

Sólo conocemos el 5 por ciento del universo.

El 40 por ciento de los adultos pesa más de lo recomendado.

El año pasado se contabilizaron 33 ataques de tiburones blancos a bañistas en Estados Unidos, 3 de los cuales resultaron fatales.

Dos años de cárcel para el hombre que arrancó parte de la nariz a su cuñado de un bocado.

7 cosas que jamás te pueden cobrar en un restaurante.

El doble que en la década anterior.

Cada 15 minutos se diagnostica un cáncer de mama.

La siguiente gran extinción se producirá alrededor del año 2100. En la mayor hasta ahora, la del Pérmico-Triásico, se extinguieron el 96 por ciento de las especies marinas y el 70 por ciento de los animales terrestres.

Estos son los 3 alimentos para sobrevivir en caso de escasez o de catástrofe.

La velocidad de la electricidad es mucho más lenta de lo que pensabas.

El cerebro humano tiene 100 mil millones de neuronas.

¡No eran 10 000 pasos, eran 4 000!

La acerola tiene 20 veces más vitamina C que la naranja.

A nivel global.

Un 54 por 100 de los jóvenes se declaran no comprometido con su trabajo.

Piel 36,9 por ciento más firme. Testado.

El 92 por ciento de las personas reconoce que la exposición inadecuada al sol puede causar problemas en la piel.

Piensa como comes, come como piensas.

Lista de las 270 emociones humanas.

El 50 por ciento de los europeos sufrirán algún tipo de alergia en 2025.

¿Se puede viajar más rápido que la velocidad de la luz?

El 50 por ciento de los europeos planea viajar este semestre.

Crece el porcentaje de jóvenes que compran viviendas en Cornualles.

La regla del 30 por ciento que deberías seguir si quieres conseguir el éxito en la vida.

Cómo calmar a una persona furiosa en menos de 90 segundos.

Según los expertos.

Programa patrocinado por Napoleón.

Por fin sabemos por qué los humanos no tenemos cola.

A nivel local.

La actividad turística representa el 8 por ciento del PIB.

100 por 100 natural.

Aumentan un 5 por ciento las intoxicaciones por monóxido de carbono.

La Luna es cuarenta millones de años más antigua de lo que creíamos.

Aumentan un 16 por ciento las visitas a psiquiatría en los ambulatorios.

No te preocupes, la información te encuentra estés donde estés.

Energía un 60 por ciento más eficiente.

Alza del 44 por ciento.

Alza del 75 por ciento.

Estas cifras son preocupantes.

¿Cuáles son las 27 emociones del ser humano?

A nivel estatal.

La tasa de mortalidad en relación con el número de coronaciones de la cumbre del K2 ha sido del 27 por ciento hasta el año 2021.

Información del artista: Ludwig van Beethoven, 6 663 458 oyentes mensuales.

El consumo de proteínas en polvo ha aumentado un 157 por ciento.

El ojo humano es capaz de percibir 16 777 216 colores.

Esto opinan los expertos.

La extinción del rinoceronte lanudo sigue siendo un misterio.

El cerebro es un músculo.

Descuentos del 70 por ciento en la segunda unidad.

Las cifras, igual que los moscardones, aman la muerte.

El cuerpo humano está diseñado para vivir 120 años.

Según fuentes cercanas a la investigación.

Definitivamente, somos lo que comemos.

El Tiempo

I

He pensado poner sobre papel mis conclusiones finales relativas al Tiempo. Lo concentré todo en esa tarea en los últimos años. Me agachaba para ello cada dos por tres con el fin de atarme o desatarme los zapatos. En esa para mí compleja operación veía encarnado el curso del Tiempo. Cuando me ponía en pie y echaba a andar, aquella maniobra ya no era, había dejado de existir, pertenecía al vasto territorio del no-ser y a lo sumo quedaba tal vez en la memoria.

Eran dos planos, yo atándome los zapatos, y el Tiempo que corría impertérrito, al que no le importaba que me atara o desatara los cordones de los zapatos, que destruía mi atarme o desatarme los zapatos antes negros y lustrosos y ahora pálidos y cubiertos de una áspera y espesa costra de barro seco.

Aquel que salió de la choza hace un rato ya no es. Ese salir de la choza torpemente acabada, como un nido pobre e improvisado, ya no es. Esos pasos tristes y lentos hasta el tocón sobre el que estoy ahora sentado ya no son. Los ha engullido el Tiempo. A todo esto, el gesto de atarme los zapatos se perdió en el océano misterioso del pasado. Soy el Tiempo, dice el Tiempo, la otra cara de las cosas, y digo que lo que es no es.

El Tiempo es limpio. Tan cruel que ni siquiera se ensucia las manos. Cuanto ve son ruinas. Sólo conoce la destrucción. El gran misterio para el viviente no es la vida, ni siquiera el Espacio y las cosas en el Espacio, sino el Tiempo, el Tiempo que es destrucción permanente.

El Tiempo va siempre un paso por delante de lo que es. «La vida que huye» es una expresión ajena a él, al que no le importa la vida, pues le es indiferente, está más allá de toda vida. Lo devora todo y se queda solo, de ahí su gélida y absoluta singularidad y soledad.

Quiero que se pare el Tiempo, que se detenga en un presente. En su día, deseaba que la tienda de comestibles de la esquina con su marco de la puerta de color turquesa y con su marco de la ventana de color turquesa y con sus postigos de color turquesa siguiera eternamente en la esquina, que la vecina del edificio de al lado saliera eternamente a las siete de la mañana de su casa con pasos firmes y hermosos, aunque ello supusiera contradecir la esencia del Tiempo, que es destrucción, destrucción de la tienda de la esquina, destrucción de la vecina que salía a las siete de la mañana con pasos firmes y hermosos de su casa y que pronto ya no saldría.

Eso sí, nada tiene que ver con la muerte el Tiempo. A este no le importan ni la vida ni la muerte, la cual es descomposición de la vida.

Además, no corre, camina. Avanza como el andar. No existe actividad humana más acorde con él que andar.

El presente es lo único que en un gesto heroico se levanta contra él. Pero el Tiempo, la verdadera boca de Dios, lo devora. Le opongo la regularidad de atarme los cordones de los zapatos y pierdo. El error es ver el Tiempo como un amigo, en el sentido de alguien con quien podemos hablar, de alguien que es un igual.

¿Estaba el Tiempo antes de la materia? El Tiempo es lo más inmaterial.

Pero ¿cuándo se siente el Tiempo a gusto? Cuando no me reconozco en estas apuntaciones, cuando no las entiendo, cuando no sé por qué puse «esto es una novela» en un pasaje de la partitura del primer movimiento de la Novena Sinfonía del brillante y atribulado marido de Alma. Se siente a gusto no con el recuerdo, sino con el olvido. Recordar es vencer el Tiempo, una victoria fugaz, nimia, que el Tiempo gigantesco pisotea tranquilamente. Todo esto, sin embargo, es escaso, no roza siquiera su esencia.

La pregunta que se plantea el obispo de Hipona, la misma que formula también el Estagirita, es si el Tiempo es.

Claro, se trata de una pregunta fundamental que no surge cuando se trata de un ente, de una persona, de un cisne, de una rosa, puesto que es evidente que son y sólo cabe determinar la naturaleza de su ser. En el caso del Tiempo, sin embargo, lo que se plantea es la posibilidad de su no-ser.

El Tiempo, esa fábrica permanente de no-ser.

Existe entre ser y no-ser un acuerdo que nosotros, los hombres, no entendemos. Ser y no-ser lo titularon Tiempo. El ser, sin embargo, no siempre está de acuerdo con el acuerdo.

Reflexiones importantes del Peripatético: la relación del Tiempo con el no-ser; la relación del Tiempo con la destrucción (no con la generación).

¿Pertenece la memoria al Tiempo o es algo contra el Tiempo?

Los dioses volverán, pero ¿cómo? El olvido es la condición para que algo vuelva, la condición para que algo exista.

¡El Tiempo no necesita el movimiento! Lo necesitamos nosotros para percibirlo. Sin embargo, aunque permanezcamos en la más absoluta inmovilidad, el Tiempo seguirá devorando. Quizá habría poco que devorar y se sentiría descontento, pero aun así se alimentaría y existiría.

El Tiempo es aquello con lo que medimos los cambios. El Tiempo mide el movimiento. Este es medido por el Tiempo.

El Tiempo es la clave oscura del mundo. Y, curiosamente, la clave es entonces su dirección única y su carácter irrevocable. No podemos volver atrás. El Tiempo va hacia adelante. Va hacia un abismo, siempre hacia un abismo.

¡Cuántas palabras significan orden! Cosmos significa orden, ritmo significa orden.

Una forma del Tiempo es la historia, una forma del Tiempo son las estaciones, una forma del Tiempo son el día y la noche. La *Ciencia Nueva*, la *Fenomenología del espíritu*, el *I Ching*, todos intentos de dar con la forma del Tiempo, pero su verdadera forma es la música.

La música es la lluvia del Tiempo. La música son las lágrimas del Tiempo. El Tiempo, aterrado ante su propia insensibilidad, creó la música para disculparse de su existencia. Echó a llorar. Echó a llover notas.

El Tiempo no sufre. Ahora he vuelto a mis reflexiones y apuntaciones después de la interrupción que me han supuesto los esfuerzos de la última época. He vuelto a reflexionar sobre el Tiempo. Y he llegado a la conclusión de que el Tiempo es también esta interrupción. El Tiempo no sufre. Tampoco actúa. No lo necesita.

El ahora de hoy no se distingue del ahora de ayer en tanto que el de hoy y el de ayer son ahoras. En ese sentido todos los ahoras son iguales. Pero se distinguen el uno del otro en cuanto son ahoras diferentes. El ahora es siempre un ahora aunque su contenido sea distinto.

Entre el momento —el ahora— en que mis dedos cogen los cordones de los zapatos y el momento —el ahora— en que los sueltan hay una relación. Cuando jugaba a las cartas con mi hijo, la jugada anterior ya no era, aunque tenía consecuencias para el ahora, y este a su vez tendría consecuencias para la futura conclusión de la partida. Jugábamos a menudo al veintiuno, en silencio, oyendo sólo el ruido de los naipes, cuando él era un adolescente. Tarde en la noche, cansados del día. Se nos cerraban los ojos, pero el juego seguía como si se hubiera independizado de nosotros.

Está la relación del Tiempo con el alma, que viene vestida de blanco como representante de la Eternidad.

No hay Tiempo, ya lo decía el Peripatético, sin otro Tiempo. Ese otro Tiempo es la Eternidad. Es la Eternidad la que mira el Tiempo y la memoria es su mensajero. Si todo del Tiempo dependiera, no habría más que olvido, el Tiempo indiferente, el reloj de sir John haciendo su apático tictac.

El Tiempo Cronos. El instante, al que el paseante de Copenhague llama un átomo de la Eternidad, no es un átomo del Tiempo Cronos. Ya el Peripatético habla de alguna manera de dos Tiempos.

El filósofo de la Selva Negra, que nunca desaprovecha la oportunidad de manifestar su desprecio por las palabras latinas, habla de un concepto *vulgär* del Tiempo, ese concepto tan vulgar es el que aparece en el de Tagaste, el padre de Adeodato, por ejemplo.

Para el novio de Regine Olsen lo eterno es el presente como sucesión suspendida. El Tiempo, en cambio, es la sucesión infinita. El instante es el primer reflejo de la Eternidad en el Tiempo, es el primer intento de detener, por así decirlo, el Tiempo. El instante aparece con el espíritu. La esencia de la naturaleza no es el instante.

El instante, átomo de la Eternidad, el primer intento de esta de entrometerse en el Tiempo.

Existe el instante porque existe la palabra. Si no fuera por ella, no existiría.

El instante es el aplazamiento de la catástrofe. El fugitivo se detiene en una gasolinera, dispuesto a robar un coche que finalmente resultará fatal para él. Antes de hacerlo, se enciende un cigarrillo. Ese es el instante.

Los chinos están acostumbrados a lo dual. Con dos trazos, dos y no más, uno entero y uno quebrado, se bastan para su libro de las mutaciones. Dos son los principios que rigen el universo, yin y yang. En dos se divide nuestra vida cotidiana, en la noche y el día. En dos el espacio, el cielo y la tierra, lo alto y lo bajo. En dos la montaña, la umbría y la solana. En dos también los abismos.

¿Puede el Tiempo hacer que no haya sido lo que alguna vez fue? Quizá lo intente.

Ella ponía las ollas y las sartenes en el armario de la cocina sin prestar atención al Tiempo, mientras yo sólo pensaba en el Tiempo que ella así perdía, pues teníamos que ir al teatro.

El Tiempo pasa lento con los niños, lo recuerdo como si fuese hoy, en la primera infancia de Gyuri, mi hijo, no discurrían fugitivos los minutos.

Dice el alumno del español Ortega: «Nada de lo que alguna vez fue se pierde por completo. El Tiempo no es pura sucesión, sino un ingrediente de la construcción misma del espíritu».

El alma aparece en el Estagirita hacia el final de sus reflexiones sobre el Tiempo. En el de Tagaste, en cambio, ocupa un lugar central. Para Estagirita, el alma numera, fija el antes y el después, el alma está ligada al Tiempo y el Tiempo al alma. La definición del Estagirita del Tiempo: «número del movimiento según el antes y el después».

En el obispo de Hipona, el Tiempo es una creación de Dios. Pero su concepto del Tiempo es psicológico. Sólo existe el presente. El pasado es la presencia de lo pasado. En el recuerdo. El futuro es la espera, en el presente, de lo que vendrá.

Para sir John, el Tiempo es. Con su tictac regular de momento en momento.

La idea de que hay Tiempos diferentes se halla en la física moderna, pero también la apuntan el Peripatético y el de Tagaste, para quien está nuestro Tiempo y el de Dios.

Creo que sir John, con su tictac universal, está más cerca de la verdad que el filósofo del gorro de dormir y de los calcetines de lana hechos por Elfride, quien derivaba el tictac de la temporalidad de la existencia humana. ¡Este personaje no pudo con el Tiempo! ¡Qué soberbia humana el derivar el Tiempo de la temporalidad del hombre!

El obispo de Hipona reduce el Tiempo al alma, el marido de Elfride a la existencia, a la temporalidad de la existencia, dejando de lado lo que es. Y lo que es está lleno de lo que no es. La presencia está llena de ausencia.

A lo mejor el mundo se inicia a cada instante de nuevo. Por eso existe el instante, y nosotros no lo sabemos.

Para el paseante de Copenhague, el instante es una determinación del espíritu. «En cuanto se introduce el espíritu, aparece el instante.» El instante no responde al Tiempo, sino a la Eternidad. En el instante se topan Tiempo y Eternidad. Según el copenhaguense, los griegos desconocían el espíritu y por tanto el instante...

II

Ahora tendré que dejar por unas horas o, quién sabe, quizá más, mucho más, mis estudios sobre el Tiempo porque ayer me comunicó Vinicio que mi hijo vendría esta noche a verme. Se las sabe todas mi hijo. Aprovecha que ya estoy instalado para visitarme.

Al anochecer se llena el cielo de pájaros, comienza un ir y venir desenfrenado como si se acercaran malos tiempos y hubiera que hacer acopio, buscar refugio, revolotean en lo alto los aliados del aire, los buitres, las águilas, las garzas, van y vienen sumamente concentrados, seguros de sus vuelos, convencidos de sus objetos. También mi halcón Chirle. ¡Chirle!, le grito a la inmensidad y él me responde desde muy lejos, como si fuera desde detrás del lienzo que es el firmamento con su estampado de estrellas. Me trae comida. Mi hijo y yo tendremos que contentarnos con lo que hay. ¡Más, Chirle, más!, grito a lo alto. Me he dado cuenta de que lo que me trajo no es suficiente, pues mi hijo ha sido siempre un tragón.

Y de golpe se han esfumado los pájaros. Han aparecido las estrellas, que dormían durante el día y se adueñan ahora del cielo. Primero una, luego otra, después una tercera y al cabo de poco la poderosa oscuridad se llena de ellas. Apretujadas en la bóveda celeste, como los hombres en las escaleras del ferrocarril metropolitano en las horas punta.

Mi anunciado hijo, sin embargo, no llega. No sé por qué espera a tan entrada la noche para venir. Me he comido lo que me trajo Chirle y he dejado algo para mi hijo que, sin embargo, se hace rogar, como si aguardara a que se apaguen hasta las lechuzas de pacientes ojos. Preparé el precioso y voraz fuego, preparé la frugal cena, pero lo que queda se ha enfriado.

El ruido por la noche aquí es ensordecedor. Se me da que hasta las estrellas gritan. El trajín de los animales es continuo. Pero me respetan. Aunque he de confesar que me muevo poco, sea de día, sea de noche. Quien se ocupa de mí es Vinicio. Me llama profesor. ¿Cómo quiere que lo llame?, me preguntó el primer día en que hablamos. Llámeme profesor, le dije.

He tenido que dejar mis estudios porque me avisó que vendría a cenar mi hijo. Hace mucho que no lo veo, desde luego. Y su llegada me supone cierto engorro, aunque

67

he de reconocer que me viene bien porque ya estaba dando cabezadas sobre las *Confesiones*, el único libro que he traído aparte de la partitura de la Novena Sinfonía del marido de Alma, partitura cuyas anotaciones no entiendo aunque sean mías.

El río está a cierta distancia, y los del lugar lo veneran. O, más bien, lo temen. Me decía Vinicio, que me abastece con agua y cerillas y con alambres y cordeles y con herramientas y cacerolas y con platos y cubiertos y algo de ropa, que el río es insaciable y que me cuide de él. Debe de ver en mí cierto parecido con el río, pues se mantiene, a pesar del afecto, a cierta distancia. Para la comida, a decir verdad, me fío más de Chirle, mi halcón, que de él.

En su día le pedí a Vinicio que me trajera una vaca y me dijo que sí. Dice sí a todo, pero la vaca nunca llega. Él aduce el infatigable río, el río que en este tiempo que llevo aquí no he llegado a ver de veras, pero que intuyo. Vinicio siempre aparece mojado. Las cosas que trae, en cambio, no. Todo lo atribuye al río. Su arte es llegar con el flete, como lo llama, siempre seco, como si lo transportara en una mochila impermeable o sobre los hombros.

Un día me llevó por un sendero que sólo era sendero para él y quizá para los insectos, las hormigas, los escarabajos, de lo estrecho que era. Qué faltita le hace a usted andar un poco, dijo para llevarme al río. Pero no llegamos, porque a medio camino comencé a marearme y le pedí volver.

Sólo Vinicio conocía el sendero, que a mí me resultaba incomprensible, pues era, una vez que pasábamos, como si a nuestras espaldas se cerrara de inmediato. A ello se sumaba mi minusvalía, a la que me había habituado, pero que me había inoculado una cautela extrema, la cual me daba la sensación de algo ancestral, de que me venía desde mucho antes de mi nacimiento, de que me venía desde tiempos inmemoriales. Todo alrededor era un organismo vivo que Vinicio, sin embargo, sabe «organizar», como dice, y con el que incluso habla. Ahora paso, comadres, decía a las plantas en el camino con su voz firme de tenor. Así bajamos rumbo al viejo, caudaloso e insaciable río.

Hacía dos días que había dejado de llover pero la lluvia quedó entre los árboles en forma de velos que pendían de las ramas. Todo era humedad, todo estaba mojado. Yo mismo no sabía si era agua o sudor lo que sentía sobre mi cuerpo. Al tercer día el sol apartó con mano firme los velos. Al mediodía reinaba un cielo transparente, profundamente transparente, abismal. Volví a enfrascarme en mi estudio del Libro XI de las *Confesiones*. Fue entonces cuando llegó Vinicio para avisarme que a la noche siguiente vendría mi hijo a cenar. Llegó jadeante, mojado hasta el tuétano.

Púchale, está bravo el río hoy, dijo, y se sentó. Pues vengo para avisarle, profesor, que mañana tendrá visita. ¡Ven-

69

drá su hijo a cenar! Y alzó entonces la vista, y sus ojos celestes se agrandaron y eran como si quisieran beber el cielo. Buscaba el wirapuru.

Es el wirapuru, me dijo un día, poco después de que nos conociéramos, y sonrió, se le iluminó la cara, como si una mano le hubiera pasado una caricia. Enamorado del wirapuru, dijo, requeteenamorado. Es el pájaro esmeralda, añadió. Su canto era como si llevase siglos cortando con una tijera una hoja de papel o una tela, con el mismo ritmo regular, preciso y cansado. Luego estaba el canto rítmico del colibrí, con sus pausas regulares para el respiro, tan regulares que parecía que no hubiese pausa.

Su esposa Glodesindis —me tuvo que repetir varias veces el nombre—, una mujer obesa y de piel cobriza, es muda. La sienta en una especie de trono que ha fabricado él mismo a pocos pasos de mi choza con la madera, la corteza y ramas menudas del machimango. Ella no habla pero hace gestos con las manos, observa y dirige. Vinicio escuchaba hechizado el canto del wirapuru, me miraba embelesado y miraba luego embelesado a Glodesindis, en ella reposaba su mirada.

Me habitué a fumar para complacer a Vinicio. Nos sentamos los dos, fumamos y platicamos. Con su carraspera, como de ultratumba, me cuenta su vida, sus temores, su miedo a las patrullas de la policía que vienen en lanchas. Cuando se despide, me promete la vaca. Nunca ol-

70

vida la vaca, pero nunca la trae. Vinicio me habla sobre todo del río. Cada día que viene, el río es otro. Ora tiene la inmensidad del mar, ora semeja un inocente riachuelo. Mañana vendré con mi hermanita, dijo una vez, y vino con su mujer, Glodesindis, la obesa y muda, que se sentó en el trono.

Hace calor, dijo Vinicio cuando acudió a traerme unas vituallas, así como unos bolígrafos y una resma de papel. Pues yo tengo frío, le dije. Se me da que me envuelve la temperatura del firmamento. Llueve mucho y las gotas van formando una hilera regular en el suelo, como hormigas. Me preocupa que descuido la choza. Ya no la distingo de la tierra, que me la está comiendo. Entra y se adueña de ella. No deja espacio para lo divino, que pide limpieza, sólo para empezar. Me quita el sueño y al mismo tiempo me paraliza. De tanto mirar el cielo descuido la choza y dejo que la tierra la devore.

La noche está preñada de una lejanía inconmensurable, el gran reservorio de lo ajeno, con las estrellas que lucen su exuberancia entre los árboles. La noche es terrible cuando finge ser día y piensa en mí. Cuando me invade con los recuerdos de los años largos y sencillos en mi barrio de Budapest. De cuando las palomas despertaban los gritos contagiosos de los niños. De cuando el carpintero hablador subía la persiana de su taller en el frescor de las primeras horas y daba por inaugurada la mañana. De cuando los jardineros barrían rítmicamente el parque al lado de casa.

71

¿Cómo se llama esta zona a la que he venido a parar, zona de lluvias puntuales y pavorosas, de vapores que suben de la tierra al cielo como las almas, de respiro lento y fatigado?, pregunté un día a Vinicio. Y me respondió: Se llama El Alente. Así la llamaba mi padre, la llamaba mi abuelo, El Alente, dijo Vinicio con tono solemne como nunca.

Aquí no hay perros que ladren cuando paso renqueando, porque soy cojo desde el accidente que tuve en mi adolescencia, pero está lleno de huidizos animales, los oigo cuando doy unos pasos por el sendero sinuoso rumbo al río al que nunca llego, los oigo cuando cae la noche negra y bullanguera, que se llena como si la ocupara un ejército, batallones siempre nuevos y siempre los mismos. Es como si se hubieran confabulado para aislarme. Como si yo les resultara repugnante y decidieran mantenerme a distancia. Tan pronto como doy un paso, oigo alejarse a un animal, lo oigo deslizarse o saltar o correr o levantar el vuelo, casi atropelladamente. Eso sí, desde lejos observé en una ocasión, cuando Vinicio quiso acompañarme hasta el infatigable río, unos parsimoniosos yacarés que se movían como aburridos por un brazo somero y barroso de la ancha y para mí invisible corriente. Vi también peces que saltaban en aquella gran charca, plateados, dorados, rojos y verdosos. No es el río todavía, dijo Vinicio.

Se esconden los animales. No así los hombres. Vinieron todos, la mujer o hermana de Vinicio, sus hijos, su madre o suegra —no acababa yo de orientarme en el inmenso laberinto de su familia—, los amigos con sus compañeras y su prole. Se organizó una gran fiesta en el claro donde se levanta mi choza. Ellos encendieron las fogatas, ellos trajeron los víveres, ellos bebieron y comieron casi sin prestarme atención, por indiferencia o por timidez, ellos cantaron y bailaron luego desenfrenadamente, formando corros y batiendo el suelo con los pies. No había diferencia entre niños y adultos, todos eran niños y todos eran adultos. Vinicio los había traído para que me conocieran, pero ellos, tras una breve ojeada, prefirieron el ritual de la fiesta, a la que se entregaron sin freno.

El único que se ocupaba un poco de mí era Vinicio, que me traía el pescado que había asado o la bebida alcohólica indescifrable que bebían en cantidad, quién sabe si de maíz o de caña o de patata, o me hacía algún comentario señalando a algunos de los miembros de su familia, para la cual desde luego no existían las horas, pues se había puesto el sol, el cielo sin luna se había llenado de estrellas chisporroteantes que respondían con fuerza impasible al fulgor de la lumbre. Los recorría una emoción a la que ellos, quizá porque no hablaban mi lengua ni yo la suya, me consideraban ajeno, de tal modo que no me prestaban la más mínima atención. No les molestaban los mosquitos, como si la fiesta, su tensión y aceleración, los hubiera sustraído de pronto a las molestias del cuerpo, como si su piel se hubiera recubierto de otra, más luminosa, más brillante, refractaria a cualquier ataque. Cantaban, pero era a veces como si bramaran, daban

73

vueltas, unos hasta el paroxismo, otros hasta el mareo, de tal modo que caían y tardaban en levantarse. Permanecí sentado ante la entrada de mi choza, como la llamaba Vinicio, hasta que los párpados me cayeron como bloques de piedra sobre los ojos. El revuelo, por supuesto, hizo imposible que ese día dedicara ni que fuese unas horas o incluso unos minutos a mi propósito, mi tratado sobre el Tiempo.

«Y un instante tan corto como este vuela tan rápidamente del futuro al pasado que su duración es casi imperceptible.» Estaba leyendo esta frase cuando apareció Vinicio. Siempre se presentaba de improviso. No existían para él los horarios y, eso sí, aparecía risueño, alegre, con sus «requete», con sus «púchale», con los relatos sobre sus diversos «bisnes». Me abastecía de agua, de cerillas, de cordeles, de alambres, de herramientas, de vajilla, de sales, a veces de algún pescado, y yo se lo retribuía generosamente. Festivo y servicial, me había traído una mesa y unas sillas y unas mantas poco después de mi llegada.

III

Has venido a que te hable de tu madre, seguro que quieres volver a escuchar cómo la conocí, le dije a mi hijo. Pues la conocí en la avenida Margit, cuando juntos rescatamos una gaviota herida. Tenía un ala rota y deambulaba en un cruce, peligrosamente. Era gris, grises eran sus patas natatorias, grises sus plumas, parecía despeinada. Iba y venía como desorientada, con un penacho que daba la impresión de estar pegoteado con alguna baba o mucosidad. Tu madre se le acercó para impedir que la pobre pisara la calzada y acabara arrollada por un vehículo y se quedó a cierta distancia de ella, al borde de la acera, para protegerla. Yo estaba enfrente tomando un café en la terraza de una cafetería y presencié la escena. Después crucé la calle y me sumé a ella. Me pidió que volviera al café y desde allí llamara a la protectora de animales. No le importó mi cojera, reminiscencia permanente de aquel accidente de bicicleta que tuve en la adolescencia.

Quería yo ese día conocer a alguien. Vi a una mujer negra con un cesto con frutas sobre la cabeza, me encantó verla, pues se ven pocas en Budapest, así que la llamé desde mi posición sentado en la terraza del café, la llamé o más bien le pregunté: «Oiga, ¿usted cómo se llama?». Pero ella ni se inmutó, pasó de largo, pasó de largo con el cesto sobre la cabeza, como una columna que de pronto se ha puesto en movimiento y me dije ayayay, nadie me escucha, nadie me ve. Pero entonces vi a tu madre y tu madre me vio. Y le pregunté: «¿Usted cómo se llama?». «Me llamo Margit, como esta avenida.» Era, bien lo sabes, una mujer de ojos verdes, de gestos austeros, de voz púrpura y anchas caderas.

Si sigo viva es por los ojos de los animales y por las notas musicales, me dijo tu madre. Era toda música. Así te concebimos. Cantaba cuando hacíamos el amor. Al morir ella se destapó la mentira de mi vida, pues yo había puesto en ella mi música y al faltar ella me quedé, pues, en doble orfandad. Quise alejarla del piano, creí que el amor de los cuerpos serviría, pero ella siempre volvía a las notas. A las partituras con sus apuntes, diáfanos, mientras que mis escasas anotaciones son ahora, en cambio, incomprensibles. Nunca he sido más que un aficionado.

Y ahora te pregunto yo, le dije a mi hijo: ¿Cómo me encontraste, hijo mío?

Es muy fácil ahora, me respondió. Las cosas han cambiado una barbaridad. Allí donde estoy, además, mis compañeros me ayudan mucho. Es gente muy fiable, muy minuciosa, muy pulida. E ingenua, transparente. Nos comunicamos por signos. Es que tampoco hay mucho para entretenerse. Es todo bastante uniforme, no hay mucha variedad. Son todos unos benditos, gente buena, casi por aburrimiento y por falta de imaginación y de estímulos. La verdad es que pasamos casi todo el tiempo clapando. O escuchando el ruido de la lluvia. Tratando de descifrar el repiqueteo, por ver si encontramos en él un orden, un ritmo, un compás, un mensaje. A veces nos acercamos un poquito los unos a los otros.

Después de la muerte de tu madre me quedé sin alma, le dije a mi hijo. El alma es una amiga. Me quedé sin mi amiga. Y tú preocupabas a tu madre, hijo mío. Antes de ir al hospital, ella había dejado todo en orden, había ordenado alfabéticamente sus partituras, también sus vinilos, había dado buena parte de su ropa, incluso las prendas que más quería, el vestido, por poner un ejemplo, de seda rojo que yo le había regalado. Una lentitud exasperante se apoderó de ella, sus procesos mentales eran de una parsimonia inusitada, como si tuviera que buscar cada significado, cada pensamiento por los diversos circuitos del cerebro primero, como si la carretera principal sufriera un atasco y hubiera que recurrir a los senderos sinuosos de un bosque para llegar a la meta. Y ya no lloró, en absoluto, ella tan dada al alivio de los llantos de los que emergía luego con una limpia risa.

Del hospital la trajeron a casa, que era donde quería morir. Tú no estabas. Te habías ido a estudiar a España. Me echó de la habitación, de manera que me quedé afuera, en el pasillo, pegado a la puerta, desde donde oía murmullos, no una voz sino varias, y ruidos, rumor quedo de agua, susurro de hojas de árboles como si los moviera una terca brisa, tímidos trinos de pájaros, y la puerta era fría, en la casa hacía un calor insoportable, como si las paredes tuvieran fiebre, pero aquella puerta estaba helada.

Yo no tenía hijos, decía tu madre, la escuchaba yo a través de la puerta, mi cuerpo, esta pequeñez, este hato arrugado, no pudo tenerlos, iba yo por las calles buscando uno, chocaba mi mirada triste con los portales, chocaba con las ventanas cerradas que la deslumbraban, pero no había, era yo una pordiosera que buscaba un hijo en las

77

plazas sucias, llenas de basura y de escombros, que parecían no merecer limpieza, abandonadas.

¿Necesitas algo?, le pregunté a tu madre y me respondió con una voz profunda que parecía la mía.

No, nada, estoy bien. Aquí estoy, decía ella, oculta como un pájaro entre las ramas de un árbol, avisando a las estrellas y escuchando su ritmo.

De pronto habló con mi voz. Yo tuve un hijo, yo no tuve un hijo, canturreaba ella, la escuchaba a través de la puerta, era una canción de cuna, era como si arrullara a un bebé, se arrullaba a sí misma, me arrullaba a mí, te arrullaba a ti. Y con mi voz que venía del otro lado de la puerta me quedé dormido allí en el pasillo. Al amanecer, cuando me desperté, una luz tenue rociaba con sus partículas el lugar y hacía desperezarse las sombras. Llamé a la puerta, pero no hubo respuesta. Entré. En su mano había un papelito arrugado donde ponía tu nombre en diminutivo, Gyuri. El papel era viejo, muy viejo, como si hubiera llegado de otro siglo.

¿No comes?, le pregunté a mi hijo. No comía. Quizá le daban asco los topos que me había aportado Chirle y a cuya carne yo ya me había acostumbrado. Vinicio me había enseñado a despellejarlos. No se le podía pedir más a mi Chirle.

¿Y qué haces entonces ahora, hijo mío?, le pregunté.

Trabajo la tierra, me contestó. Es arduo. Lo hacían también nuestros antepasados, que eran o labriegos o terratenientes, pero de esos que tenían sucias las uñas, me dijo y me mostró los brazos, se subió las perneras de los pantalones para enseñarme las pantorrillas. Ya ves, tengo tierra por todos lados. No me la quito de encima. Eso sí, ya estoy acostumbrado.

Sí, veo que tus tatuajes, que hacían que parecieras un jardín botánico, con sus racimos, sus dalias, sus crisantemos, sus frutos, sus hojas de arce y de gingko, se han desdibujado. Ya sabía yo que acabarías así, le dije. Pero ¿y el patinete de negras y sigilosas ruedas?, le pregunté. ¿Y esas orejas de murciélago que llamabas auriculares y que nunca te quitabas?

Ya no los uso.

Bien, eso me tranquiliza. Les tenía una tirria terrible.

Me ha costado una barbaridad encontrarte, dijo. Si te hubieras quedado en Budapest. ¿Cómo has venido a parar aquí?

Ya te contaré, hijo mío. Por de pronto, te diré que la comida es escasa, dependo mucho de lo que me trae mi halcón Chirle, y te diré también que no tengo sábanas. Ay, recuerdo cómo las doblaba tu madre, era un ritual, una coreografía. Eso sí, veo que llevas todavía la capucha que te ensombrecía el rostro.

Sí, no me desprendo de ella.

Yo, el rengo, el paticojo, estaba siempre solo con mi cojera, dije a mi hijo. Era, tanto para tu madre como para ti, como si no existiese mi tullimiento. Dios nos ha hecho para la soledad, decía ella, hijo mío. Venía Szenzó a «activar» mi pierna que había quedado coja después del accidente en mi adolescencia. «Activar», así llamaba él su tarea. Ni tu madre ni tú queríais saber nada de él. Tan pronto como tocaba el timbre, desaparecíais en el interior de la casa y permanecíais en riguroso silencio. Casi que conteníais la respiración. Como si hubiera entre vosotros un acuerdo para negar la tarea de Szenzó o negar mi cojera.

Amanecía ya cuando despaché a mi hijo. Los pájaros no se ven entonces como cuando vuelan al anochecer, pero se oyen. ¡Y cómo! Es ensordecedor. Como si hubieran destapado la sala de conciertos de la Academia. Llevaba dos días sin llover. Había jarreado lo indecible en las semanas anteriores. Salieron de su escondite los animales, los insectos. También el escarabajo al que llamo Venke. ¿Imaginará Venke el futuro?, me preguntaba. ¿Suspira Venke como yo suspiro? Me gustaría tener un perro, porque los perros suspiran. Yo tenía uno. ¿Qué habrá sido de él? Se lo dejé a unos vecinos cuando me marché de casa al amanecer. Les dije que me iba unos días por un asunto urgente y les pregunté si se podían hacer cargo de él, de Winnie. Se llamaba Winnie, aunque era un macho. No era la primera vez que se ocupaban de él, así que entró en su vivienda con suma confianza.

Comenzaba a clarear cuando le pregunté: ¿quieres decirme algo más?, pero no llegó a contestarme con nitidez, vi que movía los labios, pero no conseguí oír sus palabras.

Le dije a mi hijo: habla más fuerte, que no te oigo, porque lo veía mover los labios y entendía cada una de sus palabras, pero no las oía.

Fue entonces cuando lo despaché.

Hijo mío, le dije, ya puedes irte. Me noto muy cansado. No estoy acostumbrado a estas trasnochadas. Ya es hora de que descanse. Soy mayor. Pero vuelve pronto, que todavía nos queda mucho de que hablar. A lo mejor puedes regresar alguna vez de día. Las palabras de día, hijo, pierden la vasta y peligrosa inocencia de la noche. Las palabras nocturnas las conozco. Cómo crecen. Pequeñas de día como migajas de pan, entran en el horno de la noche y crecen y crecen y devienen monstruos.

Fue entonces cuando me respondió.

En realidad he venido para preguntarte quién me mató. Cuando ocurrió, yo estaba dormido, dijo con un hilo de voz.

Parecía agotado. No era para menos, pues despuntaba el alba, venía la luz con pasos sigilosos.

Sí, hijo mío, otro día te lo contaré. Pero ahora no es el momento. Estamos cansados los dos. Ha sido una noche interminable.

IV

Cuando vuelva mi hijo, le daré largas, igual que hoy. Hablaremos, como hoy, sobre su madre. Fríamente me conviene su errancia por la niebla. Los errantes lo ven todo, pero no saben nada. Como el Tiempo, que tampoco sabe nada. Pero ahora que se ha ido, puedo narrar los sombríos hechos. Según un tratado del siglo IV, no se nace con el pecado original, pero cada cual lo comete en algún momento de su vida. Nos está esperando y lo cometemos. A partir de entonces lo llevamos grabado para siempre. Sucedió hace bastante, pero llevo registrados cada uno de los segundos de aquella noche. A uno lo espera en un pasillo del metro, en una reyerta. A otro en un zafiro que no le pertenece. A mí me esperaba en mi casa. Cada uno tiene su pecado, que no se olvida nunca. Quien lo olvida no es un hombre. Triste es, sin embargo, el no poder olvidar humano. Los dioses tampoco olvidan, pero lo llevan de otra manera. Esa misma madrugada recogí un libro, las *Confesiones* del padre de Adeodato, y una partitura, la de la Novena Sinfonía del marido de Alma, y hui. Aquí estoy ahora, solo, siguiendo el vuelo de los tucanes.

Llegaba mi hijo, vengo del curro hasta las narices, decía, y se metía en su habitación para dedicarse a sus murrios e inagotables juegos de ordenador o se repanchigaba en el sillón delante del televisor. Eso sí, siempre con el omnipresente, con el divino teléfono móvil en la mano. Y con las orejas de murciélago que llamaba auriculares y que llevaba encima de la capucha que no se quitaba y que le ensombrecía el rostro.

Tú con tu ignorancia llevarás la gerencia del fin del mundo, le decía yo. Y pensaba: ¿quién lo habrá criado, quién lo habrá educado? No podía entender que fuera mi hijo. Le preguntaba quién era el obispo de Hipona, y no tenía ni idea, le preguntaba sobre el mito de la caverna, y no tenía ni idea. Sobre *Guerra y paz*, y lo mismo.

Tampoco sabía quién era el desterrado florentino que nunca olvidó a Beatriz.

Mi hijo era un ser simple, nebuloso y virginal, de ojos esquivos. Por eso mismo pendía yo de sus labios; en las escasas reuniones con familiares o amigos me alegraba cuando manifestaba una idea acertada, me alegraba y a la vez me sorprendía. «Yo siempre digo», decía. «Siempre digo que las cortinas no hacen más que absorber polvo.» «Siempre digo que el diablo no existe.» Y yo asentía con la cabeza; y cuando él estaba ausente yo utilizaba las mismas frases que él de esa manera me había inculcado. «Siempre digo que las cortinas no hacen más que absorber polvo.» «Siempre digo que el diablo no existe», decía él, decía yo.

Me debatía entre pensar que lo amaba y pensar que no lo amaba, entre la falsa historia y la verdad. ¡Cómo conozco yo la falsa historia! Con la muerte de su madre se envalentonó. El ser simple, nebuloso y virginal únicamente ansiaba poder y sólo podía ejercerlo en casa. Llenó de tatuajes su cuerpo, que parecía un jardín botánico, con sus racimos de uvas y sus berenjenas, con sus dalias y orquídeas en los brazos, en el pecho, en la espalda. Eso sí, desde que se dedicó, después de muchas dudas y vueltas, profesionalmente a la tanatoestética, siempre salía con el cuello alto o abotonado hasta arriba, escondiendo la nuez, incluso en verano.

Cuando él estaba fuera de casa, y lo estaba a menudo, como tanatoesteticista que era, yo era él, hacía todo como él en casa. Cómo doblaba las sábanas, cómo ponía el lavavajillas, cuando yo ponía en marcha el lavavajillas, no era yo, sino él. Mis pensamientos no eran los míos, sino los de él. Y así como yo era él, él procuraba, de forma vana e imperfecta, ser su madre. Llegué a odiar a Margit.

A Margit le encantaba contar dinero. Se sentaba a la mesa de la cocina, que de núcleo de alimentos e invenciones culinarias se convertía en centro financiero, y contaba el dinero que guardaba de sus clases de piano, lo hacía una y otra vez. Contar dinero era para ella, como la música, orden, ritmo, los billetes actuaban como notas y las notas tenían su valor. Iba cantando cada moneda, cada billete. Cuando acababa, empezaba de nuevo, riendo. Era un canto sin fin y sin finalidad.

También Gyuri contaba el dinero, pero de un modo diferente, pues le faltaba el nexo con la música, con el ritmo, con el orden. Era precipitado, atolondrado, copia de una copia, siempre con la áspera intención de demostrar mi derroche, pues el ahorro nunca era para él suficiente. ¿En qué has gastado los dineros?, me preguntaba. Quiero saberlo porque no me fío de ti, porque eres un tipo random, decía, y yo no entendía lo que quería decir.

A la noche mi hijo controlaba que hubiera puesto correctamente los vasos, los platos, las sartenes y las cacerolas en el lavavajillas, que no hubiera colocado lo que no había de ponerse, como las cucharas de madera o ciertas sartenes o ciertas cacerolas o ciertos vasos, que el aparato estuviera bien lleno, a lo cual se llegaba después de días y días, «para no malgastar el agua», decía levantando con un gesto ciego el dedo índice. Lo mismo la basura, que él investigaba cada tanto, es más, con creciente frecuencia, examinaba lo que yo había tirado, si lo había hecho correctamente, los papeles y cartones con los papeles y cartones, los plásticos con los plásticos, los vidrios con los vidrios, lo orgánico con lo orgánico, los otros desechos con los otros desechos, la basura indeterminada, pues siempre la había, siempre queda una gama indeterminada como la niebla, que no es lluvia, ni es nieve, ni es viento, ni es tormenta, ni es aire límpido y transparente, la basura indeterminada con esos otros desperdicios, qué hacer con un sobre que llevaba burbujas de material sintético en su interior, me preguntaba yo, pero él tenía la respuesta, él con sus tatuajes, con sus dedos que trabajaban como tanatoesteticista que era, con esos dedos que al anochecer hurgaban en la bazofia, para ver qué había tirado yo y si había obrado correctamente, qué hacer con los tapones de metal de las botellas de cerveza, esos tapones que yo tenía en la mano y que me miraban y eran como pequeñas y afiladas preguntas, hijo, qué hago yo con esto, iba a preguntarle, pero me daba miedo preguntarle, yo no tenía, además, las agradecidas palabras que acudían solícitas a la boca. Morían los rododendros, morían las orquídeas, y Gyuri me responsabilizaba a mí, me culpaba a mí, me acusaba de haber dejado secarse el rododendro, necesita agua, mucha agua, decía, y de haber ahogado la orquídea, la has anegado, decía.

Primero fui declarado inútil, y luego lo fui. Desde que murió mamá, no das una a derechas, me decía mi hijo de esquivos ojos. Me das cringe, decía, y yo no entendía lo que quería decir. Un día salió como una flecha ardiente de su habitación y se dirigió a la cocina a buscar un vaso de leche. Nos topamos en el oscuro vestíbulo en el que aparcaba su patinete de negras y sigilosas ruedas, y me dijo: ahora no podemos hablar, estoy chetado, dijo, y yo no entendí lo que quería decir. Volvió a grandes zancadas a su cuarto con el vaso de leche en la mano para seguir con el juego de ordenador.

Convirtió la casa en una cámara de tortura. Dedicaba buena parte de los fines de semana a disponer las cosas como, según él, habría querido su madre, aunque no fuese cierto. Yo esperaba a que se marchara, a que llegara el liberador lunes. Desde que Margit se fue, nada en la casa era mío. Pedía yo permiso para coger un vaso: ¡ese no!, permiso para coger una toalla: ¡esa sí!

Volvía a casa, se metía en la habitación y se pegaba a los murrios e inagotables juegos de ordenador. Pues sí, soy un niño rata, decía. Un día entró furioso, indignado, dejó el patinete de negras y sigilosas ruedas en el oscuro vestíbulo, tiró el bolso al suelo y dijo: me están shipcando con una colega, y yo no entendí lo que quería decir.

Era terrible cuando entraba y se encerraba en su habitación, incluso cuando llegaba animado y decía sin mirarme en el vestíbulo: tengo buenas vibes, y yo no entendía lo que quería decir, pero peor cuando recorría quejoso la casa, me obligaba a recluirme en mi pequeño cuarto,

86

desde donde escuchaba cada uno de sus pasos retumbantes, sus movimientos, sus suspiros, su método razonado de guardar los vasos, los platos, las ollas, las sartenes, las ensaladeras, las fuentes, escuchaba su respiración, sus gestos, sus lamentos, su mal humor. Cuando lo oía pasar la aspiradora lejos, en la otra punta de la casa, sentía un alivio oceánico.

Hijo mío, le dije cuando todavía podía hablar, te has adueñado de la sala, le dije, de la sala y del baño, donde ya no hay nada mío, ni el cepillo de dientes, ni el dentífrico, ni el peine, ni la maquinilla de afeitar, pues ahora cada uno tiene lo suyo, y lo mío se guarda en mi cuarto, te has adueñado de la cocina y de la habitación que compartíamos tu madre y yo, y a mí me dejas la pequeña que era la tuya y el pasillo, por el que voy y vengo como un potro enloquecido en las horas en que no estás en casa, que es cuando respiro, le dije. Tu ropa te la lavarás tú mismo, me contestó.

Ahora que el infierno ya no está en el más allá se ha trasladado aquí, a las calles, a los centros de trabajo, a los hogares. Aquí en nuestra casa estará el infierno, dijo Margit.

Iba yo por la calle diciendo en voz cada vez más alta: la puta que te parió. Iba por la calle repitiendo en voz cada vez más alta: la puta que te parió, iba por la calle lleno de amargura en la cabeza y en el corazón, amargo era el gusto de la brisa que soplaba por la tarde, amargo el gusto de los rayos del sol, amargo el gusto del aleteo rumoroso de los álamos, iba con el deseo apremiante e inconfesable de patear el sombrero del mendigo que yacía en la acera con unas monedas en su interior.

Cada vez que yo decía algo, repetía en realidad las palabras de mi hijo, y si no eran las suyas, provenían de alguien a quien tenía por una autoridad. Porque yo no era. O a lo sumo un mal lector del Peripatético y del de Tagaste.

El peor momento del día se producía cuando oía la llave de mi nebuloso y virginal hijo introducirse en la cerradura. El mejor, cuando se marchaba de casa, la puerta se cerraba tras él, y me dejaba solo. En ambos casos cambiaba mi respiración. En el primero, como si esta dejara de pertenecer a las categorías infinitas del aire, como si fuese una pesada y dificultosa cadena de hierro. En el segundo, volvía el aire, volvía el ritmo, volvían el día y la noche, el cielo y la tierra, la claridad y la oscuridad, el hombre y la mujer.

Imaginé que al nacer Gyuri el Mal se estremecería, se encogería y tiritaría y como piedra calcárea se disolvería, dijo Margit.

Para ella, el pecado más grave era el olvido. La suya era una religión aterradora que no olvidaba nada. Se acumulaban las culpas como en una montaña creciente de escorias. Tampoco ahora, muerta, se olvidaba de nosotros. Los muertos nos recuerdan. Nosotros la íbamos olvidando. Gyuri la iba olvidando.

Dijo Margit que los glaciares iban a desaparecer, las nieves eternas iban a desaparecer, el hielo de los polos iba a derretirse, el frío se trasladaría a los hombres, dijo Margit.

Lo más misterioso para el lenguaje es la música, dijo Margit, y lo más misterioso para la música es el lenguaje. Esto sucede porque son parientes que se dan la espalda el uno al otro. Y el hijo dará la espalda al padre, y el padre al hijo, dijo Margit.

Supe después, porque Gyuri me lo ocultó, que se había celebrado un sobrio homenaje a su madre en la escuela de música. Los alumnos tocaron piezas del maestro de capilla de los Esterházy y del niño milagroso de Salzburgo y se proyectaron imágenes en las que aparecía ella, a veces con sus discípulos, a veces sola tocando el piano, a veces sola en medio de la naturaleza. El mar es amor, dijo ella, no se ve dónde acaba.

La bondad viene de la culpa. Se es bondadoso porque se es culpable, dijo Margit. La santidad es lo único que no tiene nombre, dijo.
    Yo no tengo nombre, le dije.
    Lo tendrás, replicó ella.

Mi aspiración fue en todo momento la inocencia, llegar al final siendo un inocente. Y no lo conseguí.

Empecé a tartamudear, yo, el rengo, el paticojo, empecé a tartamudear, cojeaba también mi lengua. Me olvidé por completo de mí mismo. Cuántas veces quise huir, ¡cuántas lo tuve todo preparado! Estaba ya en la calle con mis pocos trastos y volvía como si hubiera salido al hielo de la intemperie y regresara junto al calor de la estufa. Pero la escalera de la humillación subía y subía hasta que me quedé sin oxígeno. Demasiado alto había llegado y no podía respirar a esa altura. Al final todo era una orden. Decía mi hijo: «Voy a desayunar», y corría yo a prepararle el chocolate y los sempiternos copos de avena con leche.

Cuando salíamos a la calle, yo iba detrás de él, iba detrás de él como si fuésemos los eslabones de una perfecta hilera; era la pieza que seguía al hijo, la que seguía al santo, la que seguía a Dios, como las hormigas. Y le dije: tú crees ser el amo, pues voy detrás de ti como una hormiga, como el que sigue al hijo, el que sigue al santo, el que sigue a Dios, pero el esclavo eres tú, pues tienes los pensamientos día tras día atados a las cosas esclavizantes del mundo, y el amo soy yo.

¿Quién recoge el pasado? ¿Qué queda? Para el hombre, queda el recuerdo, dijo Margit. Para el Ángel, las migajas. Para Dios, el Todo, que lo abruma indeciblemente, de tal modo que su cansancio es también indecible, dijo Margit. A Dios lo abruma el Todo del recuerdo, que se llama Olvido, dijo Margit. Quien recoge el Todo del pasado, recoge además el futuro, dijo Margit. Pero el Mesías, dijo Margit, no está ni en el pasado ni en el futuro, sino en el presente. Lo vemos llegar y huir.

A ella, que tanto pensaba a Dios, jamás la vi rezar. O mejor dicho, sí, una vez, arrodillada al lado de nuestra cama en la habitación y mirando al techo como si viera allí una grieta, una tarde calurosa de verano en que jugaba su equipo de fútbol, el Vasas.

Nadie ha pensado tanto a Dios como yo, dijo Margit. Dios ya no se revela, se esconde, es un servicio secreto y obliga a devanarse los sesos, dijo. ¿Adónde fue el día de ayer, qué migajas recoge el Ángel?, preguntó. Porque Dios no puede con todo.

Mi vacío crecía más y más, y yo lo llenaba con palabras y frases inconexas que iba diciendo en el camino y con el odio creciente a mi hijo, porque yo era él, y sus normas, opiniones y obsesiones iban llenando mi vacío. Me subía al autobús y buscaba el asiento que él prefería. Mi hijo era un viejo, de costumbres inveteradas, anquilosadas. Por eso mismo, cada vez que decía «los jóvenes» o «nosotros, los jóvenes» me inundaba una ira incontrolable.

¿Dónde podía yo guardar algo? La casa estaba toda bajo el control de Gyuri, su ojo inconmovible lo dominaba todo. Revisaba mis irremediables uñas, mis despelotados cabellos, mis vetustas camisas a cuadros, mis zapatos, mi ropa para lavar que lavaba yo. Mi único lugar era tal vez mi pequeña mochila de piel negra, esta que traje aquí a la selva. Allí guardaba yo los escasos esbozos para mi tratado sobre el Tiempo, allí guardaba también mis monedas de oro acopiadas en años y mis ahorros.

Me desperté, Gyuri se había ido al trabajo, y al ir al baño me di cuenta de que había defecado mientras dormía. Sí, yo, yo mismo. Un líquido color marrón había impregnado el pantalón de mi pijama. Por fortuna, no sé cómo, no había manchado la sábana. Me quité el pantalón con sumo cuidado, con mimo, con las puntas de los dedos, para no manchar nada más. Después, en el lavabo, lo lavé, no con demasiada agua, para que se secara a tiempo, antes de que Gyuri volviera. Colgué el pantalón del florón de la ducha. Pendía allí como un ahorcado. Aterrado, actué como un sonámbulo. El corazón se me había subido a la garganta. El pijama era de color celeste. Un color térreo embadurna lo celeste, la tierra ha manchado el cielo, pensé, y me di cuenta de que, añorante, pensaba con las palabras de Margit. Sin embargo, cuando llegó Gyuri, una taca leve, un color marrón como de acuarela, seguía en el pantalón, que de todos modos ya estaba seco. No lo había lavado bien y estaba seguro de que Gyuri se daría cuenta de lo sucedido. Había que evitar que viera mi insonoro fracaso.

A lo mejor el Ángel me salva, pensé, a lo mejor viene el Ángel y se interpone entre nosotros, pensé. El Ángel que va por la avenida Margit arrastrando los pies y repitiendo una y otra vez las mismas palabras: amén, amén. A veces añade: amén, amén, así será siempre. Llamé al Ángel, pero no vino, sólo él sabe por qué. Cuando lo vi por primera vez, me atemorizó, por su mirada desafiante. Siempre llevaba unos pantalones anchos de color azul brillante, zapatillas de deporte sucias y desgastadas, chaqueta de varios colores sobre el torso desnudo en verano y se cubría en invierno con un abrigo de piel viejo, luciente por la grasa y la mugre acumuladas.

Mi hijo permanecía dormido en el sillón, tatuado de tal manera que parecía un jardín botánico, con el divino y omnipresente móvil en la mano, con las diversas aplicaciones y códigos QR reposando en su cerebro, mientras seguía encendido el televisor, que daba una película de matones. Así seguiría en la eternidad. Tenía veintidós años y no había tocado mujer. Ni había tocado varón. Ni había dado la sombra de una caricia, el infecundo.

Cogí en la cocina un cuchillo de obediente mango de madera y de noble y previsible filo y lo apuñalé mientras dormía delante del televisor. El hierro impasible encontró el camino a su corazón, que pasó de las sombras del sueño al umbroso vacío. Ni siquiera el sillón de plañideros muelles suspiró. Ahora estoy aquí en la selva. Por ignorante, por ignorante, dije cuando le clavé el cuchillo.

Dejé el televisor encendido toda la noche. Salí de casa con la intención decidida de huir. Apenas llevaba equipaje. De hecho, sólo mi pequeña mochila que guardaba mis monedas de oro y mis ahorros, mis escasos tesoros, así como las *Confesiones* del obispo de Hipona, padre de Adeodato, y la partitura del brillante y atribulado marido de Alma, cuyas anotaciones, que son mías, no entiendo. Llamé a la puerta de nuestros vecinos y les dejé a Winnie. Era la mejor hora del verano, la del crepúsculo matutino. No había llegado aún el otoño de lentos frutos.

Me vi a mí mismo cruzar el parque con la mochila apretada contra el corazón, me observaba por atrás, de manera que no veía mi cara ni veía la bolsa de piel negra, pero la intuía, la postura del cuerpo me decía que la llevaba apretada contra el corazón. Era como si me hubiera asomado por la ventana de casa y me hubiera visto cruzar el parque, dirigirme hasta la avenida Margit. Era temprano, sólo se oía bajo mis pies, calzados con los todavía lustrosos zapatos negros del mejor cuero, el crujido de las hojas prematuramente secas que revoloteaban y rozaban el suelo, quejumbrosas. Entre ellas una hoja de ginkgo que, quién sabe de dónde, había ido a parar allí. Me instalé en un hostal. Allí, con la neutralidad del mobiliario de la austera habitación, el pasado parecía un áspero abismo y el futuro también.

Ahora soy mi hijo. Me llamo como él, Gyuri. Me ha llenado por completo. Entre que no lo veo porque reside entre las almas desorientadas y lo veo porque ha venido a cenar conmigo, pasaré los días perezosos y las noches lucubrantes aquí en la selva. No sé cuándo podré recuperar mis estudios sobre el Tiempo. Quería llegar a la inocencia y he llegado a la pobreza. Soy pobre. No tengo nada, no poseo nada, me alimento de las estrellas, de allí me nutre Chirle.

94

Arrojé el cuchillo al anciano Danubio, por eso quizá no pueda ver ningún río, por miedo, Vinicio, a que me traiga entre sus migajas la sangre de mi hijo.